KB024161

노새 혹은 쇄빙선

노새 혹은 쇄빙선

박기동
시집

달아실
시선
08

시인의 말

　어쩌다가 새삼스럽게, 커밍아웃을 하게 생겼다. 무슨 말이냐
하면, 이번 시집의 제목이기도 한 '노새 혹은 쇄빙선'은 꼭 4년
전에 썼다. 아니, 쓰여졌다. 맨 뒤에 해설 대신 붙어 있는 논문
에도 나오지만(논문을 쓰다가 시까지 쓰게 된 경우), 당시 동계올림픽
이 열리는 중이었다. 러시아의 소치 올림픽이었다.

　오늘이 평창올림픽 개막식 날이니까, 만 4년 만에 시집으로
엮는다. 그동안 체육선생(교사, 조교, 강사, 교수)으로 먹고 살다가
이제 세 학기 지나 정해진 날짜(定年)가 되면 퇴직한다.

　나는 무얼 하며 남아야 하나. 그나마 아슬아슬하게 살았다.
애면글면 뭔가 쓰면서 살았으니, 시 몇 편 더 쓴다면 스스로
고맙겠다. 어쩌다가 체육선생, 한 평생 시인으로 살았다. 굳이
어느 것이 본업이라 내세우기가 망설여지고, 민망해진다.

2018년 2월 9일
박기동

차례

2부 나는 뱀띱니다

3부 노새 혹은 쇄빙선에 대하여

1부
활 배우겠습니다

활을 내다

활 배우겠습니다.

(화답) 많이 맞추세요.

무엇 하나 터득하지 않으면, 내 몸이 알아차리지 못하면,

아무것도 아니다.

머릿속으로 오만가지 경우를 떠올려도

아무것도 아니다.

내가 아무리 용을 써도

손에 쥔 것은 빈 화살통.

줌손도 깍짓손도 아무것도 아니다.

죽머리를 들이밀어야 하는데 그도 아무것도 아니다.

만작 滿酌

요즘 활쏘기를 시작했습니다.

보기 보다는 어설프고 쉽지 않은 과정이지요.

활쏘기를 하나의 길이라고 생각한다면

특히 차고 넘치는 것으로 생각되는 만작이라는

커브, 모서리가 있어요.

활터에서 배운 만작은 쏠 때마다 거쳐야 할 모서리지만

이게 그리 쉬운 일이 아닙니다.

매번 쏠 때마다 마땅히 가득해야 하겠지만

사대에 올라서면

잊어버리는 게 골칩니다.

어디 한군데 신경을 모으다보면

다른 곳이 터져 버리거든요.

가득 찼다가 슬금슬금

나도 몰래 미끄러지는 경우도 있습니다.

이를 전문적인 용어로 '뺏긴다'고 합니다.

뺏기고 바람 빠지는 건

정작 당사자는 모릅니다.

오로지 충만하고 팽팽해야 하는 상태,

나는 아직도 괜찮구나

(많이들 오해합니다.)

이대로 쏴 버리고 싶을 때

어느 순간, 이미 빠지기 시작합니다.

달마산 미황사

힘내시기를 바랍니다. 소금밭을 걷고 있는 것이 인생이라 하더라도, 차근차근 걸어가야 하겠지요. 걸어서도 안 되면 기어서라도 가야겠지요. 낙타가 아니라 하더라도 거북이처럼 게처럼 저 남쪽 달마산 미황사라는 절집 주춧돌은 거북이와 게랍니다. 이제 막 뻘에서 기어 나오는 다리가 드러나지 않은 거북이와 게랍니다. 다리가 채 보이지 않는 몸의 주춧돌, 게와 거북이, 이놈들은 자기가 나왔음직한 해남 앞바다, 어란 앞바다를 하염없이 바라보고 있습니다. 절집 한 채를 메고, 이번 생生이 아직 끝나지 않았으므로.

어느 누구도 중심에 막바로 이르지는 못하는 법,
여기 동쪽 끝 독도로부터 떠오르는 해의 길을 따라가다 보면
개골산도 달마산도 모두 하나같이 시나브로 적실 것입니다.
사막이라도, 뻘밭이라도 걸어갈 것입니다.
걸어서도 못 가면 기어갈 것입니다.
빈 몸으로 안 되면 절 한 채 짊어지고 갈 것입니다.

어깨에 지는 짐은 무거울수록 가벼워집니다.

어차피 이번 생을 벗어던질 수 없다면 맞춤한 짐 그대로 지고 가야 합니다.

쏜살같이

쏜살같이
내가 쏜 화살은 그렇게 날아가고
쏜살같이
니가 쏜 화살도 그렇게 날아가고
쟁여 넣은 화살은
줌손과 깍짓손을 버티다가 날아갈 것이고
오늬바람 속을, 촉바람 속을 날아갈 것이고

오늘 내는 화살은,
맞고 안 맞고가 문제가 아니고,
단지 명궁처럼 한번
쏘아 보는 일뿐이다.

활 배우겠습니다

사대에 올라 꾸벅
— 활 배우겠습니다.
— 많이 맞추십시오.
화답이 들려온다.

예를 갖추고 활을 낸다.
화살이 나가는 것은 내 몸으로부터,
운 좋으면 목성이 들린다. 아니 자세가 좋으면 들린다.

안 들려도 어찌할 수 없다.

한 순, 다섯 발을 낼 때까지
요지부동, 가능한 일어나는 생각들을 하단전에 몰아넣고
한 하늘만 훑어본다. 바라본다.

내 몸, 어디부터 어디까지,
깊이 들여다본다.
김수영은 온몸으로 시를 쓴다고 했다.

마지막 애인

아마도 7, 8년은 좋이 된다. 뇌경색 진단을 받은 것이! 한번 마음먹고 들른 한의사는 내가 활 쏘는 것을 못마땅해 했다. 나 댓새 후에 양의사(주치의)에게 상담을 청하지 않을 수 없었다. 이윽고 "뭘 그럴 거까지! 먹는 혈압약을 꼬박꼬박 드시면서 운 동해도 무리는 없을 거"라는 말씀! 의사와 환자 사이에 토론이 가능할 수 없다는 걸 다시금 느끼고, 활쏘기(국궁)가 간신히 내 마지막 종목, 마지막 애인이 될 수 있었다. 너덜너덜한 애인, 눈 으로만 가져보는 애인.

김진열

초등학교 동창회에 다녀왔다.

그 가운데 '김진열'이 차에 잠시 편승했다. 그의 외가는 강릉 사천이었다. 방학 때마다 외가에 가서 살았다. 사천 버덩을 지날 때 그는 신음을 토하는 것처럼 말했다. 동생과 함께 입 덜러 가서 밥값 하느라 참새를 쫓았다고. 내가 공부하지 못한 거는 교납금 때문이었다고. 왕산고등공민학교 1학년 2학기에는 아예 가지 못했노라고. (당시는 교납금 땜에 집에 돌려보내던 때였으니까. 그렇지? 그래.) 아침 먹고 다음 행선지를 가기 위해 자동차 너댓 대로 이동할 때 마침 사천 버덩을 지날 때 나온 신음이었다. 지금은 외삼촌과 왕래가 없다는 것이었다. 외삼촌들은 막내 외동딸이었던 엄마를 도와주지 않았다고. 어른들끼리 무슨 피치 못할 곡절이 있었는지는 모르겠지만 가난했던 우리를 도와주지 않은 것이 못내 섭섭키도 하여 다시는 외가에 가지 않았다는 것이다. 환갑도 지난 김진열이는 지금도 외가와는 왕래가 없다는 것을 강조하고 있는 것이다. 외가의 광에서 보았던 가마니 쌀과 기름지고 하얀 이밥, 결정적으론 외가에서 장리쌀을 얻어 먹고 가장 먼저 갚았다는 아버지를 떠올리면서.

이발소에서 머리를 감을 때

감고 있는 내 눈으로 물이 쳐들어온다.

열려 있는 내 코로 물이 거꾸로 쳐들어온다.

다물고 있는 내 입으로 물이 쳐들어온다.

얌전히 머리를 숙이고 숨도 못 쉬는 환난을 겪으며

이런 걸 한참만 더 연장하면 죽는구나, 했다.

이발소에서 머릴 감으면서도 죽음을 떠올리다니!

모든 객사는 머릴 처박고(달리 말하면 들이대고) 죽는 것이리라.

오늘 집 나가고 싶다, 객사하고 싶다.

무사武士는 집 나가서 죽어야 한다, 글쟁이는 어디서 죽어

야?

내 몸이라는 집을 나가면? 집 나가 버리고 말면?

꽃은 피고 지고

피고 지고
꽃은 핀다 꽃은 진다
골짜기에 피는 꽃은 주위를 밝히는 것
서서히 밝히는 것
생성과 소멸은 동시에 이루어지는 것
꽃은 짝하여 피어나고
짝하여 떨어진다

피고 지고
피는 듯 지는 듯
골짜기는 어둠이다
여기에 꽃이 핀다 깊은 어둠에서 꽃은 핀다
꽃은 번진다 어둠에서 꽃이 번진다
가장 깊은 어둠에서 꽃은 피어난다
피어나고 번진다
번지다가 진다

고소공포증

여행할 때 케이블카 앞에

다다르면 한참 숨을 죽여야 합니다.

나이 들면서 점점 더 심해지는 거 같습니다.

군대에서는 유격이니 담력 훈련이니 거친 흉내를 내기도 했

지요.

차마 견디지 못하겠다고 비명을 내지르기 직전

잠시 잠깐 없어졌다가 돌아오기를

몇 번,

어디 그대 앞에 다다른다 생각하면

캄캄해진다 할까요.

숨을 죽여야 합니다.

아주 가벼운 시 한 편, 아기들의 소리

　지역 동네의 동인 활동의 하나로 작품 다섯 편을 청탁받았다. 작품을 일로써 삼지 않는 나 같은 시 건달에게는 약간의 스산함이 자연스러운 것이다. 그 다음으로 으레 따라오는 것이 본격적으로 했으면 뉘 못지않다는 종주먹을 내미는 경우도 있기는 하다.

　아기들이 태어나면 배냇소리를 낸다. 엄마에게도 통하지 않는 소릴 낸다. 이윽고 세월이 쌓이고 나이가 차면서, 백일이나 첫돌을 향해 나아갈 것이다. 무슨 의미가 있는 소리가 아니라 그냥 소리를 내고는 한다. 아기들은.

파일명 메모미모

바람이 다녀가셨다.

나 모르는 새 다녀가신 거는 알고 보니 이번만이 아니었다. 두세 번도 더 되는 모양이다.

뇌혈관 사진 앞에서 의사 선생의 간단한 설명에 고개를 연신 주억거리고는 했다. 막상 그날 그때의 기억은, 바람이 빠지는 것 같았다. 고무 튜브에서 바람이 빠지듯이, 왼 손목에서 무엇인가 빠져나가 버리는 것이었다. 바람은 흔히 막히거나 터지는 데, 살짝 막힌 것, 뇌경색이라니!

'통배추 서너 바지게'라거나 '풀 한 바지게'라고 장철문이 썼다. 그렇게 쓴 시집(『무릎 위의 자작나무』)을 받았다. 발행일을 보니 일 년도 넘은 시집을 챙겨 보낸 것이다. 바지게라는 말이 백석의 마가리라는 말만큼이나 좋아서 내 몸이 온통 환해졌다. 다른 말로 하면 좋아서 어안이 벙벙했다.(새가 드나들기에 안성맞춤인 악어처럼 입을 딱 벌리고 있는 내 입 주변을 그려가고 있는 나의 상상력!)

이승훈 선생님도 메모를 중히 여기신다. 유심 40호 참조,
"시는 그때그때 나오는 대로 메모하기 때문에 쉽게 쓰고 아

니 나는 시를 쓰는 게 아니라 메모하는 입장이고 메모가 시이고 최근엔 더욱 그렇다."

2부
나는 뱀띱니다

소리가 사라짐으로 소리가 드러나다

기억나지 않는다. '메모미모'처럼 아주 느슨하게 이름 지은 거 같은데 다시 생각나지 않는다.

내가 들면 너는 그만 둔다. 인기척이 나면 모든 작업을 거둔다. 여름 대낮, 숲에 들면 가차이만 가차이만 소리를 거두어들인다. 소리가 사라짐으로 소리가 드러나는 기이한 체험. 장지문 창호지에 빗물 배어들 듯이, 숨죽이는 소리.

자신을 맷돌 삼아

무심한 어느 철학자(최진석)의 한마디다. 시인이 시를 쓰지 않으면, 최소한 사람이 될지 몰라. 시를 쓰려면 자신을 맷돌 삼아야. 근데도 사람들은 시인에게 무언가 물어본다. 설마 사람에 대하여 시인에게 물어본다면?

물찻오름

걸었다. 그냥 걸었다. 제주에서 그냥 걸었다. 사려니 숲길, 입구로부터 2km 지점에는 '물찻오름'이 있다.

저물녘에는 제주 사는 유철인 교수를 만나, 어랭이 회가 유명한 '앞돈지집'에 들었다. 유 교수와 통하고자, 끊었던 담배를 다시 물었다. 유 교수는 사회학과, 철학과 등에서 견뎌 낸 문화인류학자다. 가게 밖에 나가 피우고 들어오는 것을 무릅쓰고 이따금 나가서 뻐끔대곤 하였다.

나비

노오란 나비 한 마리
푸르른 소양강을 가로지르고 있다.
물결이 인다.
나비의 날갯짓 때문인가,

가로지르는 나비는 보시다시피 앉을 데도 없다.

길이 길을 낸다

길이 길을 낸다. 바람이 길을 낸다. 누가 누군가를 데리고 가는 것이 보인다. 길에 업혀 간다. 길에 얹혀 간다. 길을 따라간다.

먼저 간 사람을 따라가는 길로 가는 것이다. 따라가기만 하면 안전한 길이다. 맨 처음 이 길을 간 사람을 일러 이슬떨이라고 한다. 풀잎 끝에 맺힌 이슬을 떨어버리며 가는 사람, 바짓가랑이 다 젖겠다. 길이 길을 낸다.

길이 길을 낸다. 기억이 길을 낸다. 추억이 길을 낸다. 길을 따라간다.

먼저 간 사람을 따르지 않는 사람이 있다. 한사코 샛길을 파고 가는 사람이 있다. 눈보라가 그친 후 모든 길은 최초의 길이다. 이 눈보라 그치고 나면, 어디로나 가면 된다. 산지사방에서 솟아오르는 새싹, 오월의 꽃 무더기, 길이 막혀 길이 터진 것이다. 땅에서 솟아오른 것이다. 땅심으로 밀어올린 것이다. 길이 길을 낸다.

나는 뱁띱니다

나는 뱁띱니다

배를 바닥에 대고 스으 슥

기어나가는 꼭 그만큼

세상이 보입니다

그렇다고 뱀이 갖는 온갖 미덕, 일테면

도저到底한 그 무엇을 모두 가졌다는 얘기는 아닙니다

차가운 땅에서나마 온몸으로

천천히 달아오르는 가슴으로 기어나가기

나를 덮고 있는 건

바로 하늘, 뜨거운 내 가슴입니다

선인장 꽃, 내 몸의 가시

얼굴 한번 보고 살자!
네가 모처럼 내게 다가오는 순간,

몇 년을 기다려
네가 스스로 열어 보이는 그 순간
온몸을 가시로만 내보이던 네 속을 본 것도 같다.

다만 견디는 것을 생각한다

바그다드에서
박노해 시인이 쓴 시 한 편을
이 아침에 읽으며,
알라신이 만들었다는
사막의 먼지바람 혹독하겠다!
거기에서도 아이들 공 차고 논다는 것을
그림으로 그냥 바라보면서,

해창에서 광화문까지
세 걸음 걷고 한 번 절하기
수경 스님, 문규현 신부님, 이희운 목사님, 김경일 교무님,
내 할 일이 이거밖에 없다는
무릎에 물 차오르면 저녁에 물 빼는 수경 스님 소식 듣는
저녁,

내 방 앞 단풍나무가
온 겨울 떨어지지 못하다가
봄비 내린 직후 몽땅 떨어진 것은

기실 새로운 움이 터서

묵은 단풍들을 소리 없이 밀어낸 것

가혹한 봄날의 힘, 무작정 밀어내는 봄날

먼 산 가까운 산

연녹색으로 물오르는 산마루가

거대한 누에들로 꿈틀거리는 것을 바라보면서,

저 산에 꽃 핀 것이

버짐 같은 헌데라고 자꾸 생각하면서,

칠득이 들어온 날

칠득이는 고양이를 동그랗게 그린 현산幺弛 신대엽의 그림이다. 그림 옆의 화제에 먼저 눈이 간다.

계속 벼르고만 있다가
고양이를 그려 보려고
먹을 갈고 붓끝을 고르고
작은 종이에 털 그리는 연습을
해 본다 라디오에서 노랫소리가
꽤 크게 나는데도 종이에 붓
지나가는 소리가 사각 사각 들린다
집중이 좀 되는가 보다

고양이 그림 옆의 단정한 화제가 나를 고양이 그림처럼 동그랗게 만들었다고나 할까. 내가 처음 그림을 구했던 얘기다.

만해마을, 퇴고

원고 보따리를 들고 만해마을에 들었다.

평소 소원이라고 했던 여기에 왔다.

첫날 저녁, 원고 몇 개를 읽어 가다가 딱, 그것도 새벽에 딱

내 스스로에게 사기 친 게 아닌가

잘못 살았다 시인이랍시고 잘못 살았다

뼛속으로 용대리 백담사 찬바람이 스며들었다.

새삼 소스라쳤다.

나무대학교

깨달음의 종소리(覺의 鐘)가 몸으로 변하여
오늘 우리 앞에 오신 것을 보고 있습니까?
함인섭 광장에 드러낸 그 모습, 그 울림

깨달음의 종소리를 들어보신 적 있나요?
어린 나무 근처를 서성거리시던 분을 뵌 적이 있나요?
작은 삽 하나 들고
학교 구내 곳곳을 두루 살피시던 분을 뵌 적[1]은 있으시나
요?

우리나라 유일의 나무대학[2]이 있는 곳, 강원대학교입니다.
나무대학만이 아니라 학술림도 있지요.

"이 땅에 대학이 없으므로 대학 설립의 뜻을 세우고 나의
일생을 강원도에 맡겼다."
'일본 자본이 조선 농업을 비료로써 지배하는 상황'이라는
부제가
붙은 논문(「조선에 있어서의 비료론고」)으로

동경농업대를 졸업하시고,

1946년 4월 공립춘천농업학교 교장을 거치시며[3]

1947년 6월 14일부터 울리기 시작한 깨달음의 종소리

깨달음의 종소리(覺의 鐘[4])가 몸으로 변하여

오늘 우리 앞에 오신 것을 보고 있습니까?

함인섭 광장에 드러낸 그 모습, 그 울림

춘천농업대학에서 춘천농과대학으로, 다시 강원대학으로 교
명이 바뀌어도

여전히 콩박사[5]님은 학교에 나오시고

집이 없어도 행복한 노인

갈 곳이 여러 군데 생기더라도 가시지 않은 어르신

내 살 곳은 여기 강원대뿐이라는 돌아가실 때까지의 지조

그런 뜻이 소리가 되어 울려나오는 것을 들어본 적 있으시
나요?

1 71학번이었던 나는 그 모습을 멀리서나마 실제로 뵌 적이 있다.
2 임과대학, 산림환경과학대학 등으로 이어지고 있다.
3 김근태 정리, 초대 학장 함인섭박사의 일생, 강대동창회보 220호, 2010. 6. 5.
4 당시 본부(현 교육1호관) 앞 왼 편에 나무들과 더불어 서 있다가, 연적지 앞으로 이사했다. '각의 종'이 '깨달음의 종'으로 이름이 바뀌었다.
5 동경농업대에서 받은 학위논문 「한국의 콩재배」로부터 연유한 선생님의 별명.

깨어남에 대하여

가느다란 실핏줄을 따라 나선형 계단을 내려서고 있을 때 박쥐 같은 눈을 뜨고 어둠이 내리 찍었어. 물러서는 것도 계속 나아가는 것도 어려워. 나팔관같이 입을 벌리고 반기는 것이 보여. 앞뒤 가릴 틈이 어디 있어. 뛰어들었지. 회한은 바람 부는 쪽에서나 그 반대쪽에서나 똑같은 속도로 불어오고 있었어. 풀 잎으로 손을 흔들고 가슴으로 발잔등을 적시며 노 저어 가자 는 거야. 보이는 바다는 넓고 안 보이는 바다는 더욱 넓다는구 먼.

옛날 우체국

지금도 그 자리에 있다.

옛날 우체국

빨간 우체통, 상징처럼 한 옆에 세우고

옛날 그 자리에 상기도 서 있다.

우체국이 작은 우체통 생각을 그리 오래 한 것인지

선명하게 빨간색 간판을 내건 채

강원도 춘천시 효자동

법원 검찰청 앞 우체국

춘천시 효자동 우체국

법원 검찰청 자리에서, 아마 산 몇 번지인가 몰라

내가 처음 춘천에서 월 사천 원 주고 하숙하던 곳.

주변의 모든 건물들 새로 세우고

자신도 아마 새로 지은 듯, 삼거리

춘천시 효자동 그 우체국

일 년에 200여 통 편지를 쓰고, 받은

기억만으로 삼삼한 그 우체국,

지금도 그대로 서 있다.

이수익의 「우체국에 가면」은 한참 나중에 읽었을 터

춘천시 효자동 옛날 우체국

지금도 그대로 서 있다.

3부
노새 혹은 쇄빙선에 대하여

콜 니드라이

세상에는

작두 위를 걷는 사람도 있다지만

세상에는

상여 앞을 치고 가는 종소리도 있다지만

숨죽인 선인장

하루 만에 지는 꽃을 따다가

처마 끝에 매달았습니다.

무심코 아버지가 하던 일을 따라 합니다.

세상에는

상여 앞을 치고 가는 종소리

그 앞을 질러가는 허허한 노랫소리도 있기는 있습니다만.

박수근의 그림 속으로 들어가는 법 1
— 어느 건축가의 메모*를 빌려

박수근의 그림은

그려진 것이기보다는 새겨진 것이다.

나타낸 것이기보다는 드러낸 것이다.

그의 마티에르는 화면 전체를 장악하고 있으며, 그리려는 뜻
은 마티에르 속에서 함께 작동되고 있다. 건축가의 메모는 "대
지는 미술관을 새겨 나간다."로 시작한다.

돌담(이 벽이다.) 쌓는 일꾼을 떠올리다보면

그의 그림 속으로 들어가게 된다.

---

* 이종호, 장소와 건축, 30쪽, 박수근의 삶과 예술, 박수근미술관 개관 기념전
  (2002. 10. 25~2003. 2. 28)

박수근의 그림 속으로 들어가는 법 2
— 갤러리 가운데 '나'

그의 그림 속에 들어가 보니

겉으로는 아주 거칠게, 그러나

어딘지 모르게 따스한 기운이 나를 감싸네.

복사화를 보더라도 질감을 통해 작가를 대번에 느낄 수 있는

몇 사람만이 아니라 모든 사람들

내가 박수근의 그림이 무작정 좋은 것도 있지만

우리 역사상 가장 어려울 때

어떻게 먹고 살고 그림까지 그렸을까

지금 짐작으로는 가 닿지 못할

그런 생각으로 그림을 볼 때

김덕남 화백 몰 소식

언젠가
이천 가마에서 가져온
거친 나신 그려 넣은 꽃병이 내게 왔다.
참꽃 한 묶음 꽂았다가
엎어져 깨어졌다.

이럴 수가! 아뿔싸
큰 전시 한 번 준비하다가
한창 나이로 쓰러져간 그대의 붓끝
거칠게 하늘을 횡행하고 있을 것이다.
푸른 버드나무 순 한 점
활활 피어나고 있을 것이다.

별을 오브제로 한 시

— 지조 높은 개는 밤을 새워 어둠을 짖는다.

갈매기는 혀를 잃고
칠흑의 머리채를 풀어놓고
바다를 이륙한다.
깊고 깊은 나선층계를 돌아
별밤에 내리는 초록 눈물
이윽고 빛나는 바다풀

눈보라 속의 종이배
子正의 배 위에서 떠는 어깨
작열하라 해체하라
뜨거운 匕首의 키스
몇 방울의 위스키로
바다 깊숙이 잠기는 검은 털 짐승

연기는 깊이 빠져들고
햇빛 한 줌은 너를 向한

한숨이다 巫女의 손금이다.

파도의 흰 날개

겨울 산비탈을 치닫는 멧돼지

그 번쩍이는 어금니로

時代의 그늘을 살풀이하라.

학 한 마리의 갈증은

허균의 바다를 가르고

오 나의 침묵, 긴 사슬을 푸는

절벽을 껴안는 흰 이빨

茶ㄴ卓 위에 부서지는 말방울 소리

쓰러지게 눈보라가 휘몰아치고

함석지붕 끝에 묻은 성에

온통 피 흘리는 芝溶의 어깨가

부스러져 쌓인다.

해체하라 속의 하늘을

하늘 그 한복판을 횡행하는

수많은 머리칼을
휠체어에 앉은 낯선 사내는
밀리고 휩싸이고

굴속에서 자라던 바람이
슬개골 밑으로 무연히 지나다니고
별은 그 속에서 피 흘리고 있었지.
冬至ㅅ달 밤을 새워
살을 무너뜨리는 女子
女子는 어둠 속에서
푸른 불빛이 짖어대는 걸 보는가.
인식의 다리 위에
누런 개 한 마리가 웅크리고
새로 세워지는 교회당을 지켜보는
거미다리 끝끝의 눈眼이여.

굽이쳐 번쩍이는 머리칼이
흘러간다. 뱀의 모가지는

子正 위에서 위력을 다하고
정액을 바다 속에 밀어 넣는다.

때 묻은 삼베 홑이불
성긴 구멍 속으로
靑年들의 한숨이 無時로 드나든다.
저녁 바다의 그 숱한 사르비아
별은 추락하고 있다.
번개와 천둥을 펴는 별
문살 부서지는 바람 속에
맨발로 뛰어간다.

나는 그대를 지탱한다.
이룩한다. 새벽의 불빛을.
눈보라 속의 벙어리 갈매기를.
그 깊은 하늘에 끓는
처소 없이 몰려다니는 불빛을.
그대의 차가운 피는

어둠을 씹고

그대를 물고 뜯으며

눈보라 속의 능선을 넘어가는

누우런 土種개 한 마리.

(1973. 9. 20, 강대신문)

노새 혹은 쇄빙선에 대하여*

1. 쇄빙선에 대하여

누가 앞서서 쇄빙선이 되겠습니까? 운전이 미숙했을 때, 고속도로에서 버스를 따라가듯이 내 눈길 지지할 대상이 있다는 것이 마음속에서 그렇게 고마울 수가 없지요. 남들이 가지 않은 길을 갈 때, 처음 나선 이들을 '이슬떨이'라고 부른다지요. 쇄빙선은 말이 없습니다. '이슬떨이'들도 말이 없습니다. 묵묵하게 자기 일만 하는 거지요.

그러나 뒤따르는 여러 사람들에게, 몸으로 덕을 뿌립니다. 언제나 쇄빙선은 존재합니다. 아무리 둘러보아도 없을 것만 같아도 여전히 쇄빙선은 나타납니다. 무엇을 하더라도, 어디를 가더라도, 있을 것 같지 않더라도 어김없이 쇄빙선은 나타납니다. 나 말고 누가 내 운명의 쇄빙선이 될 수 있을까요?

2. 노새에 대하여

노새는 암말과 수탕나귀 사이에 태어납니다. 미국과 프랑스,

중국 등에서 많이 보인답니다. 후세는 대개 생각을 하지 않습니다. 노새가 한 마리만 등장하는 게 아닙니다. 두 마리, 세 마리 혹은 여러 마리. 노새들이 여럿 모여 합창을 합니다. 노새들의 합창… '히브리 노예들의 합창'과 대비됩니다.

지난 겨울 소치올림픽 때 나는 노새 여럿을 보았습니다. 김연아, 이상화 그리고 안현수까지.

---

* 이 시는 당초 나의 논문 가운데 각주 형식으로 발표(심사과정에 끼워 넣었다)하였으나 다음 제목에서 보듯이 부제로 올라 있다. 논문 제목은 「체육특기자 두 학생의 구술생애사: 노새 혹은 쇄빙선」이었다. 발표 학술지는 '한국체육사학회지 제19권 제2호'였다.

인형이 운다

멀쩡하게 웁니다 인형이 웁니다
황효창의 인형이 소리 없이 웁니다
커다란 눈물을 보이며 웁니다
소양강 가에서 웁니다
그의 인형 전시회에 나온
수십 점의 인형이 모두 울지는 않지만
황효창의 어떤 인형은 비로소 웁니다
황효창의 어느 인형은 바야흐로 웁니다

맑은 소주병 속에서도 웁니다

쓸모없는 쓸모를 찾아

아들이 장가갔다.

청첩장에 쓸 거라며 애비 시 한 편을 요청했다.

어쩌나, 마땅한 시는

두루 찾아보았으나, 보이지 않았

다.

평생 쓴 것 가운데

쓸 만한 게 없다니!

아무래도 나의 시는

비극적인 모양이다.

쓸모없는 쓸모를 찾아

백방으로 살폈으나 찾을 수 없으니

나 혼자 좋자고 시를 써 온 셈이다.

만주라는 바다

1

시만 쓰면

시인인 줄 알았다.

시만 잘 쓰면

불사의 시인인 줄 알았다.

애오라지 시에 바친(바쳤다고 할 수 있을까?)

몇십 년이 그랬다.

2

어릴 때 살아 본 것만 같은 환도산성

여기서 보는 옥수수는

신빈현 평정산 의암기념원 앞의 옥수수랑

달라도 한참 달랐다(만주 지역 모든 밭은 옥수수밭이었다!)

오로지 울 아버지 손끝으로 학교를 마친 나는

만주의 드넓은 옥수수의 바다 앞에서

당신이 돌아오셨다는 뗏마선을 생각했다

3

돌아가신 일자무식 울 아버지

적수공권 북간도에 다녀와

더도 덜도 아니라

마가리 초가 한 칸 기둥 하나쯤 벌어왔다고 하셨지.

나중에는 일본 징용에서 풀려난 것이 해방이라고 하셨지

강릉 안목항에 떠 있는 뗏마선 한 척

그 앞에서 저만한 배로 현해탄을 넘어왔다 하셨지.

그러니까 지금으로 말하면 동양 삼국

돈 벌러도, 징용으로도 다녀오신 울 아버지

4

오늘 내가 밟은 간도 만주 벌판은

저녁 늦도록 독립군가를 배우는

춘천의병마을 해외항일유적지탐방모임이다.

호주나 캐나다 사람이 아니라 조선 사람

대한민국 백성으로 말이다.

5

'만주 벌판에서 독립의 바다를 만나다'

첫날 저녁 태극기에 사인을 남기는데

엉겁결에 쓴 문구였다

물푸레나무 가지 하나

물푸레나무 가지 하나를 꺾어서
물에다 던지면 푸르러진다. 온통 물은 깊고 푸르러지는 데
물푸레나무 가지 하나가 쳐들어와
뜬금없이 쪽배 한 척이 되는 것이다.
깊은 산속 그 자체로 깊어서 푸른 옹달샘
물푸레나무 가지 하나가
쪽배 한 척이 되는 것이다.

사소한 것으로 선생의 오늘과 내일을
말하고 드러낼 수 있을까?
— 정년定年을 맞이하는 용재庸齋 이병천 교수를 위하여

뜬금없이 등장한 저로 말할 것 같으면, 순전한 토종 강원도 사람입니다. 저는 초등학교부터 대학교까지 강원도 산입니다. 단지 대학 때부터 전국적인 응모와 당선으로 시를 써온 것이 내세울 것의 전부라고 하겠습니다. 요즈음 2, 3년 사이는 용재 선생과 비교적 가끔 만나서 각자 주고 싶은 책을 주고받은 적은 있습니다.

얼마 전에 학교 커피숍에서 용재 선생을 만났습니다. 고별 강연이나 적당한 곳에 써먹을 시 한 편이 필요하다는 것이었습니다. 시 한 편으로 뭔가를 할 수 있다면, 그거야 제가 하겠다고 했습니다. 그 자리에서 머무를 정停자와 정할 정定자를 말씀하셨습니다. 제가 대학 다닐 때, 벽서 최승순 교수님께 한문 강의를 듣기도 했고, 벽서 선생이 퇴직하실 때, 정할 정定자를 쓰셨다는 기억이 선명하게 남아 있습니다.

이 또한 사소한 것으로 큰 그림자를 드리우는 것이 아니겠습니까?

얼마 전 경향신문 2017. 12. 2일자 27면에 선생의 공부하신

약사라 할까, 「법고창신의 공부길」이 실렸습니다. 배우고 익히는 공부를 좋아했다로 시작하여 맨 끝에는 느닷없이 다음과 같이 끝납니다. 청바지!

나이 육십 정도는 되어야 귀담아듣기도 하는 말이라고 생각합니다. 그러니까 사소한 것으로 일생일대의 마무리와 새로운 인생의 시작과 지속이 몽땅 이 한 마디에 담겨 있다고 생각됩니다.

다시 한번 조용히 발음해 봅니다. 청바지!
청 ─ 청춘은
바 ─ 바로
지 ─ 지금이다.

---

* 이 시는 용재 선생의 정년기념 강연 「자본주의의 다양성과 한국 모델의 교훈」 (2017. 12. 6.)을 시작할 때, 초입에 내가 직접 연단에 나아가 읽었다.

내 몸의 바코드

짧게 깎은 머리의 죄수
목 뒤 뒤통수에 붙어있는 바코드
화가 제이너 스터백의 사진[1] 을 들여다보다 말고

도피안사를 찾아 갔더니 철조비로사나불좌상[2] 뒷면에
'함통육년咸通六年 기유정월己酉正月', 신라 경문왕 5년(865)
에 1,600여 명의 거사들과 선사 도선이 만들었다고.
지금 철부처의 몸은 새로 금박 입히고
고수머리는 검은 물 입히고

천여 년을 사이하고
바코드를 부여하는 버릇, 예나 이제나 인간들은
안개 자욱한 이승에 서로 발목 잡아 가라앉히기는 마찬가
지

세상살이 무거워
절름거리며 도피안사 찾아간 길.
천년 버텨 앉아 있는 철부처의 몸도 무겁기는 마찬가지

〉

문득 철부처가 아무도 눈치채지 않게 내 엉덩이를 걷어차면
서

돌아가라고, 거역할 수 없는 모래바람 소리치는 걸 들었다.

1 윌리암 A 유잉의 『몸』(오성환 역, 도서출판 까치, 1996), 325쪽의 사진과 332쪽
   의 설명
2 국보 제63호

은비령을 넘다

무슨 일이 있을라나
개미가 개미끼리
아주 큰 길을 이루고 있다.
저녁 산책길, 어둑한 산비탈에서
개구리가 일제히 울어댄다.

태풍 라마순은 저녁녘 속초에 당도한다고 했다.
직전까지 망설이다 모처럼 떠난 길
미시령에서 차를 세우고
울산바위를 쳐다보다가
저 아래
대명콘도만 비추는 터진 햇살을 만났다.

돌아오는 길은
은비령을 넘자, 작정하고
여직 한 곳에 묶어 놓지 않고
시를 쓰기만 하는 선배 부부 앞에 섰다.
은비령은 필례약수만 숨기고 있는 게 아니다

누구나 지나온 길

길이란 길 모두 은밀하게 숨기고 있지 않을까.

4부
대놓고 표절하기

복숭아나무 가지 하나가

복숭아나무 가지 하나가
안간힘으로
또다시
꽃눈을 여는 중이다.
붉다고 해야 하나
보송보송하다고 해야 하나
굳이 말한다면
시 못 쓰고 사는 세월을
그런대로 지낸다고 말해야 하나
네 눈을 오래도록 바라보는
내 눈이 문득 뜨거워진다.
어제 그제 입춘이 겨우 지났다.

서늘한 꽃

지난 밤새 눈 내리더니
오늘 아침
눈꽃 피었다.

옛다!
한 겨울의 꽃

꽃피는 시절을 잊을라

지상에 솟은 가지들 모두
피어오른 서늘한 꽃

하루에 적어도 세 편

하루에 적어도 세 편

을 써야 한다고 다짐하는 시인들

모처럼 만난 김창균이를 통하여 이문재의 전화 당부를 엿듣는다.

동해의 파도를 향하여 이런 자기 다짐을 하는 이문재 시인의 안쓰러움을 엿보는 것이다.

열흘에 세 편

정도는 가당키나 했던가?

한창 젊을 적엔 나도 시인이었다. 누구 못지않은 시인이었다.

지금은 물론 아니다. 동인지에 낼 원고도 밀려서 포기할까, 사정할까

하루 열흘이 아니라 일 년에 세 편이라도 건져 올리면

그야말로 문단말석에서라도 시인이겠다.

길 끝

얼마나 많은 모래 언덕, 동굴을 지나야 할까
내가 가는 길 끝없는 사막이지만 선인장 몇 그루 있다
이제 와 포기할 수 없는
내 가는 길 끝없는 동굴, 공중을 나는 박쥐
내 가는 길 끝없는 사막, 뜨거워지는 배로 걸어가는 낙타
얼마나 많은 시간이 지나야 할까
바닥을 기는 지렁이 같은 벌레들도 살고 있는 세상

만천리

춘천시 동면 만천리

얼마 전까지 춘성군이었다가 춘천시로 편입된 땅에 진눈깨비가 내린다.

자욱한 안개도 가장 늦게 도달하는 곳,

가장 늦게 와서 가장 오래 머무르는 곳,

만천리에 가서 정오의 햇살을 받자면 아직 더 기다려야 하리,

향일성 식물들이 유난히 햇빛 더듬이가 발달하는 곳,

만천리에 가서 이곳 저곳에 샘이 솟는다는 생각만으로 견디는 사람들이 있다.

안개도 겨울 안개가 어울리는 곳,

만천리에 가면 누구나 조금씩 상처를 드러내 바람에 말리고,

안개 속에서 피어오르는 햇살처럼 조금씩 위안을 받을 것이다.

스미어 퍼지는 커피 프림처럼.

유령 난초

생애의 대부분을 지하에서 보내는 난초도 있다.

꽃이 불규칙하게 피고

서식하는 지역도 극히 적어

본토인 영국에서도 몇 차례 멸종된 것으로 선언되었던 난초.

온전한 뿌리도 없어 수분을 흡수하는 것이 어렵기 때문에 햇빛이 비쳐 들기 어려울 정도로 나무가 울창하고 흙이 마를 위험이 없는 삼림에서만 살 수 있다.

오랜 기간 자취를 감추기도 하는데, 여러 해 동안 꽃이 피지 않고 땅속에서 곰팡이로부터 영양분을 얻어 줄기의 수효만을 계속 늘리기 때문이다.

봄에 비가 많이 오면

젖은 흙 사이로 분홍색 줄기가 솟아 나와

낙엽 층을 뚫고 자라기도 한다.

여름이 되면 꽃을 피우기도 하고, 호박벌을 불러들이기도 한다. 씨를 맺는 꽃은 그러나 매우 드물다. 씨 대신에 지하의 중심 줄기에서 자라 나오는 실처럼 가는 가지에서 눈이 돋아 나와 번식한다.

산양山羊

돌각담에 맞게
발달한 발바닥
근육, 그리고 눈

내 주변은 돌각담이 뜻밖에 많다.

버섯

돌아오는 탕아의 가슴에
이름 모를 버섯들이 피어난다.
비가 오고 바람이 분다.
척박한 이 땅, 어느 뉘의 가슴에 가서
든든치 못한 뿌리를 내리랴.
인적 없는 곳
빛 한 줄기 만날 수 없고
그림자 같은 슬픔이 솟아난다.
연기가 실낱같이 솟아난다.
비가 오고 바람이 분다.
영영 닫을 수 없는 문 앞에서
피어나는 버섯, 버섯들.

물이 물 되어

끝없이 피어나는
꽃잎이 보인다.
이름 모를 꽃잎에 내려앉는
빛살도 보인다.
어디선가 신음 소리 같은 것이
간헐적으로 떨어져 내리고
하늘로 오르기만 하는
새소리도 내리고

물이 물 되어 다시 흐른다.

곰

　내 마음의 깊은 우리 속에는 곰 한 마리 살고 있습니다. 날마다 눈동자가 풀어져 문지방에 걸릴 때면 그 발톱 뒷등으로 나를 일으켜 세워주고는 합니다.

　자정이 지나는 스산한 밤이면

　어김없이 찾아오는 그대를 향해 발톱을 세웁니다.

　때로는 흐느낌이었다가 종적 묘연한 황사 바람 같은 것이었다가 흰 날개 받쳐든 멍든 새가 되기도 하는 그대를 노리며 발톱을 갈고 있습니다.

　고통의 옷은 고통이 아닙니다.

　고통, 고통의 흐느낌!

　폭력의 옷은 폭력이 아닙니다.

　폭력, 폭력의 누런 바람!

　자유의 옷은 자유가 아닙니다.

　자유, 자유의 멍든 새!

　종잡지 못할 그대는 들어올 때는 웃고 나갈 때도 웃고는 합니다. 그러나 그 자리는 매번 죽어 쌓이는 하루살이 떼만 즐비합니다. 그때마다 곰 한 마리 깊이깊이 통곡합니다.

　통곡하면서 그 발톱은 그대 정수리를 향하여 쳐들고는 합니다.

어느덧 세월이 흘렀습니다.

내 마음의 깊은 우리 속에는 곰 한 마리 박제되어 발톱까지 세우고 있습니다.

그 둘레를 깔깔대며 한없이 도는 그대 정수리를 향하여 곰 한 마리 요란히 발톱만 세우고 박제되어 있습니다.

깨금발과 까치발 사이

생후 10개월 정도

손자 녀석이 무엇엔가 기대어 서 있는 자세다.

지가 언제 발레 동작을 보기라도 했다는 듯이

한 쪽 손은 어느 곳 어디라도 걸치고

어느 발이라도 모두 모아

다음 동작을 준비하는 깨금발.

(굳이 설명한다면, 까치발과 깨금발 사이 어디쯤)

대놓고 표절하기
나도 헛살았다

진이정의 마음의 세 허씨(허전한, 허망한, 허무한)를 생각한다. 진이정을 대놓고 표절하여 진이정을 드러낼 생각이다. 즉 진이정의 언어로 진이정을 드러내고자 한다. 간결한 그의 삶처럼, "토씨 하나 / 찾아"(「시인」, 11) 그 결과를 제목과 시 내용으로 삼았다.

속은 것이다.
하느님은 영원한 해커다.
기계로 쓴 시를 읽는 사람들
나는 전업 시노동자다.
나는 헛살았다. 나는 헛 살았다.
나도 헛살았다.

대놓고 표절하기
이제 그만 미치겠다

『체르노빌의 목소리』에서 인용한 쪽수를 ( ) 안에 명기함.

운명은 한 사람의 인생이고, 역사는 우리 모두의 삶이다. 나는 운명을 보존하면서 역사를 들려주고 싶다. 한 사람을 잃지 않도록…. (저자와의 독백 인터뷰, 021)

대머리 소녀 일곱 명을 바로 떠올릴 수 있는가? 한 병실에 일곱 명이 입원했다. 그만, 더는 못하겠다! 이런 이야기를 하면 내 마음 속에서 배신자라는 소리가 들린다. 내 딸을, 아이가 겪었던 고통을…. 마치 남처럼 묘사해야 하는데…. 병원에서 아내가 돌아왔다. 더 참지 못하고 말했다. "저렇게 힘들어 하느니, 차라리 죽었으면 좋겠어. 아니면 내가 죽을래. 더 보고 있을 수가 없어." 이제 그만 미치겠다. 더할 수 없다. (문에 기록된 삶, 068)

증언하고 싶다. 내 딸은 체르노빌 때문에 죽었다. 그런데 그들은 우리가 침묵하기를 바란다.

아직 과학적으로 증명이 안됐다고, 정보가 충분히 수집되지

않았다고 한다. 수백 년 더 기다려야 한단다. 하지만 나의 인생
은 그렇게 길지 않다. 나는 못 기다린다. (문에 기록된 삶, 069)

체육특기자 두 학생의 구술생애사
: 노새 혹은 쇄빙선

박기동

Ⅰ. 서론

「체육특기자 두 학생의 구술생애사」라는 제목으로 연구계획서를 기초하였다. 바람직한 학생선수의 생활은 어떠한가? 아니 그 이전에 '체육특기자'는 도대체 누구인가? 어떤 학생들이 '체육특기자'로 불리는가? 그들은 과연 일반 학생들과 어느 정도 다른가, 아니면 같은가? '체육특기자'의 정체성은 무엇인가?

정체성에 대한 최근 논의의 한 형태를 프랑스의 철학자(파리 사회과학원 교수) 뱅상 데콩브(2014)의 언급을 빌려보기로 하자. 그는 특히 구성주의 이론으로 정체성을 보았는데, 한 사람의 정체성을 하나로 고정시킬 수는 없다고 강조하고 있다. 각 개인은 과거를 살아왔으며 현재를 살고 있는 존재이고, 주변 환경이 실질적으로 삶에 영향을 주는 일종의 신진대사 과정을 언제나 겪고 있는 존재이기 때문이라는 것이다. 구성주의 이론은 결국 우리의 정체성이 가변적이라는 것을 받아들여야 한다고 주장하고 있다.

결국 한 집단에 이름을 부여한다는 것은 그 대상이 과거로부터 현재에 이르기까지 여전히 동일한 집단임을 규정해 주어 그 집단에 역사적 실체를 부여하는 역할을 하는 셈이다. 아리스토텔레스는 국가란 강과 같은 존재라고 설명하기도 했다. 강이 유지되기 위해서는 고인 강물이 필요한 것이 아니라 새로운 강물이 끊임없이 흘러야 하는 것처럼, 국가도 세대교체를 통해 구성원들이 변화하고, 사회적 내부 기능이 변화하며, 주변 환경에 따른 적응양식이 변화하여 끝없이 새로워져야 지속될 수 있다는 것이다.

정체성에 대하여 구성주의 이론에서는 사람이 중요하고, 아리스토텔레스는 국가를 먼저 언급했으나 그 구성원의 세대교체로 인하여 결국 사람이 중요해진다. 이러한 정체성을 살펴보기 위하여 연구 주제인 체육특기자를 폭넓게 살펴보았다. 이 글에서는 연구의 진행 과정을 드러내면서 연구의 목적, 전개 과정을 다루고, 이어 진행 과정 가운데 중간발표(아래에서 언급)의 특성 등도 다룰 것이다.

체육특기자의 정체성은 무엇인가. 어떤 한 개인이나 집단의 본질적이고 불변하는 특성을 정체성이라고 한다. 네이버 국어 사전에도 "변하지 아니하는 존재의 본질을 깨닫는 성질"이라고 나와 있다. 그러나 체육특기자, 이들은 살아 있는 학생이니만큼 어느 정도는 변할 수 있는 존재들이다.

우선 연구자는 '나'다. 나는 학창 시절 운동부 경력을 가지고 있다. 나는 학생들에게는 교수로, 이 연구에서는 연구자로 실제로 이 연구의 서술 전개상 '나'로 표기되거나 숨어 있는 경우도 있다. 연구 참여자 2명(남수영(여), 수영부/ 이하키(남), 필드하키부, 이름은 가명)은 운동부라는 불리한 조건에서 교직(敎職)을 이수(履修)한 학생들이다. 이 두 학생은 2011년 신입생 50명(스포츠과학 전공 25명, 스포츠지도 전공 25명) 가운데 10%=5명에 선발되어 교직을 이수(1학년 말 성적으로 결정)한 학생들이다. 이 두 학생 가운데 하키부 지도교수를 맡고 있기도 하여 이하키와는 〈꿈-설계 상담제〉를 통하여 이른 시기에 서로 대화를 유지하고 있기도 하였다. 다른 학생, 남수영과는 이번 연구를 통하여 만났다. 연구 취지를 설명하고, 적극적인 연구 참여에 대한 협조 약속을 받은 바 있다.

체육특기자에 대한 검토는 일찍부터 있어 왔다. 인터넷에서 키워드를 '체육특기자'나 '학생선수'로 사용하면 금방 확인할 수 있다. 최근에는 「공부하는 학생선수를 위한 고교 체육교사의 정책적 제언」(임성철)도 눈에 띈다. 그리고 발표된 논문들의 제목만 훑어보더라도 '체육특기자'는 이미 본격적인 관심을 받고 주목되는 경향을 알 수 있다. 몇 가지 제목을 들어본다면, 「고등학교 학생선수의 학업과 운동 병행에 관한 문화기술적 사례연구」(김성우, 임현주)나 그동안 많이 인용된 「학교 운동부의 운동과 학업 수행 및 운영 실태 조사」(강신욱), 「대학 운동부 선수의 학업 수행을 위한 교육과정 적용과 효과 탐색: 사례연구」(김기현, 박중길)도 있다. 자료로는 양적 자료뿐만 아니라 질적 자료까지 수집하고 있어 다양한 연구가 이루어지고 있는 것을 알 수 있다. 발표 지면도 다양하다. 한국체육학회지는 물론 전문학회인 '한국스포츠심리학회지', '코칭능력개발지' 등도 있다. 또한 「대학교 학생선수의 수업일상에 관한 질적 연구」(임용석)는 최근 고려대에서 나온 학위 논문이다. 이 밖에도 체육특기자나 학생선수에 관한 논문들이 수도 없이 많다. 학생선수에 대한 이름 짓기로부터 관리 활용에까지 이르면 그야말로 헤아릴 수 없이 많다. 여기서 언급하고 싶은 것은 깊이 있는 자료 수집과 해석이 필요하고 중요하다는 점이다.

이 연구의 제한점은 연구 방법 적용에서부터였다. 그것은 심층 면담이되 구술생애사 방법을 적용한 것이다. 이 방법은 단순히 알고 싶다는 것을 넘어 '체육특기자'의 현실에 한발 더 다가선다는 의미가 크기도 하다. 그러므로 실제 '체육특기자'의 일반적인 특성이나 그 밖의 외연을 진지하게 따지지는 않았다. 양적 연구에서 흔히 보이는 세부 사항들은 그리 크게 생각하지 않았다는 말이다. 이 연구에서 무엇보다 중요한 것은 새로운 연구 방법에 있다. 그래서 연구 방법을 작게 나누어 설명하고자 한다.

II. 연구 방법

1. 중간발표의 특성과 연구 방법을 미리 결정

이번 연구는 연구 계획 단계부터 몇 가지 특성을 가지고 있다. 연구 방법은 심층 면담이라 할지라도 생애사 방법을 미리 적용했다는 것이다. 『저자로서의 인류학자』에서 클리퍼드 기어츠는 기존 인류학의 실증주의적 경향을 비판하며, 인류학은 과학이 아니라 현상 이면에 놓인 의미와 상징을 해석하는 인문학적 작업이라고 주장하고 있다. 역사 서술은 사회과학적이거나 예술적으로 생각할 수 있다. 여기서는 사회과학적인 심층 면담을 무시하지 않으면서 인문학적이고자 한다. 지난해 우리나라에서 두 번째로 출간된 오스카 루이스의 『산체스네 아이들』을 논의의 중심에 놓고, 생애사 방법을 확장하여 연구의 진행 과정을 다루고자 한다. 서술의 과학성보다는 예술성(문학성)에도 신경 쓸 것이다.

이 연구는 질적 연구 전통에서 벗어나지 않을 것이다. 우리 나라의 질적 연구는 교육인류학 계통이 분명하게 앞장서 있다. 스포츠인류학 분야도 질적 연구에 대한 공부와 노력이 한창인데 그 한 가지가 오늘의 주제인「체육특기자 두 학생의 구술생애사」이다.

이 연구는 지난해부터 착수하여 일차 방법적인 측면과 전개를 중간발표 형식으로 일본에 가서 이미 발표한 바 있다. 동북아시아 체육·스포츠사학회가 주최한 〈제10회 동북아시아 체육·스포츠사 연구의 현상과 전망〉이라는 큰 주제로 열렸다(일본 홋카이도, 2013. 7. 12~14). 나는 한국 측 회장으로 참석하여 일본과 대만 대표와 함께 발표하였다. 당시 발표 주제는「체육사가 구술생애사와 만났을 때」(이하에서는 중간발표라고 함)였다. 연구 진행 중간이라고 전제하고, 예상되는 결과를 전망하기도 했다. 특히 이 연구의 마무리 무렵 연구 참여자를 모두 만나 자신의 뜻이나 의도에 반하는 방향으로 서술되지 않았다는 것을 확인하는 검독 과정을 거친 바(2014. 3. 7) 있다. 그것은 구체적으로 다음 네 가지로 연구 당시는 목표였고, 마무리 무렵에는 이 연구의 진실성 검토의 기준이 되어 주었다.

1. 생생하다(이 연구에서는 서술상 '나'는 주로 연구자를 가리킨다). 2. 가독성을 높인다. ― 전문 용어만이 아니라 자연주의적인 평이한 서술(질적 연구의 특유한 서술). 3. 참여자(대상자)의 내면에 육박

하는 결과(내면의 목소리)를 얻을 수 있다. 4. 참여자 검독 과정을 통하여 자료를 다듬는 작업(精緻化)이 맨 끝에 행하여졌다.

2. 연구의 추진전략 및 방법

구술사란 무엇인가. 나는 한국구술사학회에 참여하면서 관련 연구자를 더러 만났는데 주목되는 분들은 대부분 인류학자들이었다. 학회의 토론들 가운데 귀담아들을 만한 것은 구술사에 대한 그들의 깊이 있는 논의였다. 가령 구술사를 학문 분야의 하나로 볼 것인가, 연구 방법으로 볼 것인가 하는 태도에 따라 연구 시각이 달라지는데, 여기서 분명한 것은 '체육특기자'를 다루는 데 사회과학적으로 다루느냐 아니면 생애사로 다루느냐 하는 데서 확연하게 달라질 수 있다는 것이다. 여기서는 심층 면담(사회과학)을 지양하고, 가능한 인문학적인 구술생애사 방법(인류학)을 적용하고자 한다. 사회과학적 심층 면접은 연구자가 듣고 싶어 하는 주제에 대한 질문이 중요하다면, 구술사 인터뷰는 구술자의 기억의 작동과 서술의 방식에 적응하는 듣기가 중요하다는 점이 다르다. 연구자의 아젠더가 필요로하는 심층 면담을 통한 자료와 연구자의 아젠더보다는 구술자의 삶의 맥락에 대한 이해를 우선시하는 듣기 중심의 구술사 인터뷰를 통한 자료는 매우 다를 수 있다. 심층 면담을 통해 자료를 수집할 때는 연구자의 관심사의 범위를 벗어난 구술 자료는 쓸모없는 자료가 된다. 그러나 듣기 중심의 구술사 인터뷰를 통해서 수집된 자료들은 구술자의 삶의 전체 맥락 속에서 자리를 잡을 수 있는 중요한 자료가 된다. 연구 참여자의 내면의 목소리를 듣고자 하는 것이 가장 중요하다고 하겠다.

3. 『산체스네 아이들』과 관련한 논의

이제까지 역사 서술이 잘못됐다는 것이 아니라 인간에게 더 육박하는 서술(육성에서 나오는 힘이나 내면의 목소리)이었으면 좋겠다는 희망을 가져볼 수 있겠다. 과학적 방법이라 하더라도 인류학적 방법인 인터뷰를 통하여 생애사 자료를 수집하는 것도 분명한 방법일 수 있는 것이다.

『산체스네 아이들』에서 「다시 펴내며」라는 박현수의 글이 눈에 띈다(오스카 루이스, 756~757. 이하 '루이스'로 줄임). 산체스네 아이들이 처음 번역되고 난 후 서울 올림픽이 열리면서 판자촌은 줄어들었고, 달동네라는 낭만적 이름으로 분식되었다. 사회과학을 통해 사회를 바꿔보겠다던 젊은이들은 이제 생활의 모습을 밝히는 작업에서 사람들의 이야기를 따지는 작업으로 방향을 바꿨다.

'『산체스네 아이들』이란 어떤 책인가'라는 수전 M. 릭든의 얘기에 따르면 『산체스네 아이들』은 1956년에 전통적인 인류학 현지 조사로 시작되었다(루이스, 11). 현장 연구 자료를 발표하는 방식으로 '소설과 인류학 논문의 중간' 형태라고 할 만한 것을 만들어내고 있었던 것이다. 한 가족의 이야기를 직접적으로, 해석 없이 들려주는데, 여러 식구들의 겹치는 이야기를 사용한 오스카 루이스의 첫 실험이었다. 루이스는 이것을 "민족지적 리얼리즘"이라고 불렀으며 한 문단을 넘지 않는 서문만 덧붙인 채로 1인칭 서사 형태로 발표할 생각도 했다. 그러나 루이스는 사회과학이 문학처럼 읽힌다면 독자들이 이야기의 재미에 빠져 더 큰 시야를 놓칠 수도 있다는 점을 걱정했다. 그래서 루이스는 배경 지식을 담은 서문을 덧붙이고『산체스네 아이들』보다 앞선 연구인 '다섯 가족에 처음 등장하는 빈곤의 문화'라는 개념에 관해 자세히 서술했다(루이스, 12).

『산체스네 아이들』이 출간될 때 루이스는 이미 지역 연구 분야에서 비범한 현장 연구자라는 평판을 얻고 있었다. 말년에 생애사들을 출간하던 당시 루이스는 늘 국가라는 맥락 속의 마을, 마을이라는 맥락 속의 가족, 가족이라는 맥락 속의 개인을 찾으려고 노력했다. 따라서 단지 녹음된 인터뷰 이상의 풍부한 자료(꼰수엘로의 인터뷰는 녹음된 것보다 손으로 기록된 게 더 많으며, 그중 일부는 꼰수엘로가 직접 속기하거나 타이핑했다. 또한 꼰수엘로와 마누엘에 관한 이야기 중 일부는 주어진 주제에 관해 두 사람이 쓴 짧은 에세이에서 나온 것이다.)를 바탕으로 책을 편집하고 구성했다(루이스, 13).

루이스 부부가 이 책의 부제로 고려한 문구 중에서, 두 사람이 최종 선택한 '어느 멕시코 가족의 자서전'은 아마도 가장 적절한 부제일 것이다(루이스, 16). 실제 이 책의 부제는 '빈곤의 문화와 어느 멕시코 가족에 관한 인류학적 르포르타주'였다. 마르따가 말한 것처럼 헤수스는 아버지이자 어머니였다(루이스, 745).

박현수는 역자 후기에서 말하고 있다. 생애사라는 자료는 일찍이 미국 인류학자들이 인디언들의 사회문화를 연구하는 데 사용했다. 그런데 루이스는 도시 빈민들의 자서전을 채록했다. 도시 빈민들도 자신을 표현할 기회가 없었다는 점에서는 인디언들과 같았기 때문이다. 독자들에게 이 책은 하나의 학술서이기에 앞서 사실주의 문학이었다(루이스, 751). 내용에 등장하는 아이들 하나하나가 모두 일관성을 지닌 살아있는 인물로서 떠오르기 때문이다(루이스, 752).

III. 본론

1. 두 학생의 구술 자료

두 학생의 구술 자료는 이들 두 학생의 실제 구술 자료보다는 자기 스스로가 작성한 필기 자료가 더 많았다. 연구자와 연구 참여자가 학교에서 쉽게 만날 수도 있고, 이메일 등을 통하여 수시로 연락할 수 있는 관계라서 본 연구를 위해서는 더할 수 없는 관계(라포 형성)였다고 할 수 있다. 이들 자료들은 거의가 나의 요청에 의해 학생 스스로 정리하여 나에게 보내준 것이다. 마치 『산체스네 아이들』에서 꼰수엘료와 마누엘에 관한 이야기 중 일부는 주어진 주제에 관해 두 사람이 쓴 짧은 에세이에서 나온 것과 비슷했다. 두 학생의 자료를 구성한 것을 한눈에 볼 수 있도록 정리한 것이 표 1, 표 2와 같다.

표 1. 남수영의 자료 구성

이야기의 주제/ 날짜	텍스트의 소제목
1) 어휘력/ 20130807	체육특기생 활용
2) 싫어도 열심을/ 20130731	억울했지만 당연한 것
3) 초4 때 기억/ 20130724	나는 기어코 두 개 다
4) 고정관념 깨기/ 20130618	체육인은 공부 안 해도 된다는 고정관념 깨기
5) 두 마리 토끼/ 20130617	운동과 공부
6) 질문 1 답변/ 20130612	남보다 유리한 입장을?
7) 어머니의 인정/ 20130610	0점을 맞아도 상관없다 - 어머니 부담감은 나를 모범생으로
8) 기타 집중 면담	A4용지 5매 분량(아래)
8-1) 20130507	운동과 공부 둘 다/ 녹음/ 전투적 에너지
8-2) 20130514	초3 배드민턴/ 중3 책의 재미
8-3) 20130516	장학금을 위해/ 자신감
8-4) 20130528	공부 비법 - 녹음
8-5) 20130604	아주 사소한 시간

표 2. 이하키의 자료 구성

이야기의 주제/ 날짜	텍스트의 소제목
1) 질문들/ 20130611	앞서 있다? 어떠한 질문이든 말할 수 있는가?
2) 잘 다녀 옴/ 20131220	하키 월드컵 출전
3) 앞으로 1년/ 20131220	다짐
4) 주니어대표팀/ 20130605	진로 - 하키 바깥으로 결정
5) 꿈-설계/ 20110413	꿈-설계에 대한 어려움
6) 교직 이수 대비/ 20110831	학점 관리/ 교직에 대한 희망
7) 대학 생활/ 20111016	〈표〉로 본문에 반영; 공부와 운동로

8) 기말고사/ 20111124	기다리는 것밖에
9) 부담/ 20120517	하키부 최초 교직 이수
10) 나의 미래/ 20120517	뚜렷한 목표?
11) 학업/ 20121109	성적에 목매여 죽자 살자 하는 식으로는
12) 리더십/ 20121122	우리 하키팀 걱정
13) 기타 집중 면담	A4용지 3매 분량(아래)
13-1) 20130506	책이라도 읽자
13-2) 20130516	마음속의 장애물
13-3) 20130604	좌우명

1-1. 교직 이수를 할 수 있었던 근거

여기서는 심층 면접보다는 생애사 방법을 선택하였으므로 당연히 폭넓은 관점이라고 생각되는 생애사 면담이 중심이 되는 것은 어찌할 수 없다. 가령 어릴 때 어머니로부터 "공부 안 해도 되니까 운동만 잘하라"는 인정을 받았지만, 그녀(남수영)는 이를 어기고(?) 공부에도 악착같이 매진한다. 절대 졸지 않겠다는 자신의 다짐을 중학교 때 국어 시간에 딱 두 번만 어긴 것(2013. 5. 16 면담)을 빼고는 말이다. 고등학교 2년 때는 전교 1등도 해 보았다는 것이다.

1-2. 좌우명

강한 자가 이기는 것이 아니라, 이기는 자가 강한 것이라는 베켄바우어 독일 바이에른 뮌헨 회장의 말을 받아들여 좌우명으로 삼은 것(20130604 면담)이 이하키였다는 것은 목적지향적인 연구 참여자의 태도의 일단을 보여주는 것이다.

2. 〈꿈-설계 상담제〉

2-1. 그의 꿈과 고민

우리 대학에서는 〈꿈-설계 상담제〉라는 과목을 운용 중이다. 〈꿈-설계 상담제〉는 우리 대학 전체의 교육 과정으로, 지도교수를 정한 다음 학생이 상담을 요청한다. 지도교수가 여기 답변하면 상담 결과가 입력된다. 메인 홈페이지를 통하여 운용하고 있다. 온오프라인에서 학생이 상담을 요청할 수 있는 것이다. 이하키는 나와 마찬가지로 하키부 학생이다.

그(이하키)와 나눈 지난 자료(2011. 10. 16)를 보면, 운동과 공부에만 매몰되는 자신을 걱정하고 있다. 비특기생 친구도 거의 없다는 자신의 외로움을 드러내는 것 같아 안쓰럽다.

2-2. 그녀의 꿈과 고민(열등감을 장학금으로)

그녀는 4녀 1남의 언니 셋과 남동생 가운데 넷째이다. 집안에서는 언니들도 공부를 모두 잘했고, 심지어 아버지도 머리가 좋으시다고 표현했다. 따라서 열등감은 집안에서부터였다.

교직 이수를 목표로 했음에도 이를 장학금을 타자라는 쪽으로 구체적으로 돌려놓은 것은 그녀(남수영)의 전략 수정이었다.

장학금을 위해서는 공부를 열심히 하기 위한 강한 자

극이 필요했다. 문득 나의 언니가 수험생 때 노트에 항상 독한 문구를 써두고 그것을 읽으며 공부했다는 게 생각 나서 나는 모든 책과 노트에 부모님, 도움을 주셨던 친척 분들 이름을 써두고 집중이 안 될 때마다 그 이름들을 읊 었다. (…) 어느 날 시험 기간에 마음을 다잡고 집에서 공 부를 하는데 4시간이 순식간에 지나갔다. 그때 '아 나는 공부를 할 수 있겠구나'하고 깨달았고 그때부터 자신감을 얻었던 것 같다.(남수영 면담. 2013. 5. 16)

공부하는데 순식간에 4시간이 흘렀다고 했다. 자신도 놀랐 으리라. 아 나도 공부할 수 있다는 자신감이 비로소 온몸으로 온 것이다.

3. 공통점

두 사람은 운동부다. 각기 하키와 수영으로 운동을 하면서 공부를 한다. 어려운 점이 한두 가지가 아니었을 것이 분명하 다. 일종의 걸림돌을 헤쳐 나가는데, 상당히 어렸을 때부터 독 서에 열중한다. 시합 후의 진도 맞추기 등이 괴로웠지만, 그 내 용을 되살릴 방법이 없기 때문에 책을 찾았다는 것이다. 아마 최선을 다해 보자는 벌충 심리였으리라.

중3 때 책의 재미를 알게 되었다. 남들보다 훨씬 늦은

때이다. 어릴 때 집에서 억지로 읽으라고 할 때는 머릿속에 하나도 들어오지 않고 꾸역꾸역 한 자 한 자 읽었었지만 종교 관련 도서(천국에서 만난 다섯 사람)를 읽으면서 독서라는 것에 신선한 충격을 받았던 것이다. 그 후로 나는 기숙사에서 스트레칭을 하면서, 화장실에서 볼일을 보면서, 잠들기 전까지 책을 놓지 않았다.(남수영 면담, 2013. 5. 14)

중학교 2학년 말쯤부터 3교시 수업을 들어가도 무슨 말인지도 모르겠고 잠만 자다가 이 시간에 차라리 책이라도 읽자라는 생각이 문득 들었다. 처음엔 만화로 되어 있는 책부터 읽기 시작했다. 고등학교에 입학 후 3시간 수업에 들어와서 무조건 책을 읽었다. 소설, 자서전, 철학, 명언 등 주제를 가리지 않고 읽었다. 책은 항상 학교 도서실에서 빌려 읽었다. 운동 후 쉴 때도, 시합에 가서도, 차를 타고 이동할 때도 책을 읽었다. 그렇게 고등학교를 졸업할 때는 100여 권 이상의 책을 읽었다. (대학에 들어온 이후) 생전 안 하던 공부를 하려니 스트레스가 이만저만이 아니었다. 오죽했으면 자살하고 싶다는 생각까지 했을까.(이하키 면담, 2013. 5. 6)

자살까지 생각했다는 대목에서는 이 학생의 고통의 깊이가 느껴진다. 그야말로 오죽했으면!

남수영의 고군분투도 눈물겹다. 그 후(책의 재미를 알게 된)로
이 학생은 기숙사에서 스트레칭을 하면서, 화장실에서 볼일을
보면서, 잠들기 전까지 책을 놓지 않았다는 것이다.

3-1. 체육인에 대한 편견 혹은 무시에 대한 저항 ─ 쇄빙선과 같은 역할

또 하나 이들의 공통점은 주변 사람들의 인식(체육인은 공부
안 해도 된다, 혹은 못한다)에 대한 저항이었다. 그것에 대하여 도전
하고 깰 수 있는 시기가 대학뿐이라는 확고한 결심을 보여주는
남수영(2013. 6. 17)과 이하키(2013. 5. 6)다. 연구자도 이 문제만큼
은 마찬가지다. 아니 평생 짊어지고 사는 멍에와 같은 것이다.
끊임없이 깨고 나가야 하는 족쇄이기도 하다. 얼지 말아야 할
호수나 바다가 얼음판으로 뒤덮여 얼어버렸을 때, 이를 깨고
나가는 쇄빙선*과 같은 것이다. 아무리 좋아서 했다 하더라도

---

* 노새 혹은 쇄빙선이라는 두 편의 시(부제와 관련)는 투고 후 재심을 받으면서 연
구자의 요청에 의하여 수록된 것이다. 엄격한 심사를 맡아 준 익명의 재심사자에
게 감사한다.

쇄빙선에 대하여
누가 앞서서 쇄빙선이 되겠습니까? 운전이 미숙했을 때, 고속도로에서 버스를 따
라가듯이 내 눈길 지지할 대상이 있다는 것이 마음속에서 그렇게 고마울 수가
없지요. 남들이 가지 않은 길을 갈 때, 처음 나선 이들을 '이슬떨이'라고 부른다
지요. 쇄빙선은 말이 없습니다. '이슬떨이'들도 말이 없습니다. 묵묵하게 자기 일
만 하는 거지요. 그러나 뒤따르는 여러 사람들에게, 몸으로 덕을 뿌립니다. 언제
나 쇄빙선은 존재합니다. 아무리 둘러보아도 없을 것만 같아도 여전히 쇄빙선은
나타납니다. 무엇을 하더라도, 어디를 가더라도, 있을 것 같지 않더라도 어김없이
쇄빙선은 나타납니다. 나 말고 누가 내 운명의 쇄빙선이 될 수 있을까요?

운동을 한 이상 이러한 형국을 피해갈 수는 없다. 일종의 중첩된 걸림돌이라고 생각해야 할 것이다.

나는 노새*다. 어느 경계에서 이쪽과 저쪽의 풍경이나 이야기를 다룰 수 있을 만큼 노새라고 할 수 있다. 구체적으로 말하면 '체육특기자'라는 말이나 규정들이 생기기 이전에, 그러니까 1971년에 대학을 입학하였으나 실제로는 특기자의 혜택을 받았다고 짐작되는 점에서 나, 연구자는 일종의 노새다. 노새는 암말과 수탕나귀 사이에서 태어난 중간 잡종이다. 노동력을 목적으로 한 것으로 알고 있다. 이 연구에서도 마찬가지다. 특기생 출신으로 대학 교수가 되기까지 쇄빙선을 스스로 만들고 온통 나의 앞에 가로놓인 얼음판을 깨고 나가는 역할을 해야만 했던 것이다.

나 말고도 노새는 도처에 있었다. 체육특기자인 이들 두 학생도 실제로는 운동을 주로 하면서 공부를 놓지 않고 있었던 것이다. 진로를 운동으로 결정했을 때라야 우리의 주 관심에 들어오는 것이다. 그러니까 아직 미분 상태 즉, 운동으로 장래를 결정할지 공부로 결정할지 모르는 상태로 학교 생활을 하고

---

* 노새에 대하여
노새는 암말과 수탕나귀 사이에 태어납니다. 미국과 프랑스, 중국 등에서 많이 보인답니다. 후세는 대개 생각을 하지 않습니다. 노새가 한 마리만 등장하는 게 아닙니다. 두 마리, 세 마리 혹은 여러 마리. 노새들이 여럿 모여 합창을 합니다. 노새들의 합창… '히브리 노예들의 합창'과 대비됩니다.

지난 겨울 나는 노새 여럿을 보았습니다. 김연아, 이상화 그리고 안현수까지.

있는 것이다. 적어도 대학을 특기자로 진학해서야 본격적인 '체육특기자'로 구실을 할 수 있는 것이다. 이하키는 고등학교 시절 운동 후 쉴 때도, 시합에 가서도, 차를 타고 이동할 때도 책을 읽었다고 한다. 여기에 비하여 남수영도 기숙사에서 스트레칭을 하면서, 화장실에서 볼일을 보면서, 잠들기 전까지 책을 놓지 않았다는 것이다.

　　사회에 첫발을 내딛는 대학교 1학년, 교우 관계에 예민하고 신경 쓰일 시기다. 공강 시간마다 복습을 하는데 친구가 나가서 놀자고 해도 거절했다. 사실은 친구들이 나를 멀리할까 두려웠다. 그러나 공부를 택한 것이다. 지금에 와서 생각해 보면 선택을 참 잘한 것 같다.(남수영 면담, 2013. 6. 4)

　　운동으로 인한 피곤함과 타지로 훈련을 가게 되면서 밀리는 과제, 진도를 따라가는 일은 본인 스스로에게 달려 있다. 또한 공부를 하려는 의지와 노력만 있다면 어떠한 장애물도 나의 앞길을 막을 수는 없을 것이다. 운동선수들에게 공부를 하는 데 있어서 장애물이 되는 것은 보이는 장애물이 아니라 마음속의 장애물일 것이다.(이하키 면담, 2013. 5. 16)

나가 놀자고 해도 거절한 남수영은 내심 사실은 친구들이 자신을 멀리할까 두려웠다는 것 이다. 지금에 와서 생각하면 참 잘한 일이라는 자기 격려를 할 수 있는 처지가 된 것이다. 다소 상투적이겠지만, 고등학교 때부터 이들은 공부에 대한 끈을 놓지 않고 있었던 것이다. 그리하여 대학에 입학하면서 구체적으로 교직 이수라는 목표에 매진하게 된 것이다.

결국 운동과 공부 둘 다 욕심 내보기로 다짐하게 되었다. 체육학교를 나온 학생이지만 꾸준히 공부를 놓고 싶지 않았던 나였기 때문에 다른 동기들보다는 겁 없이 부딪힐 수 있었다. 더욱이 '예체능은 공부를 못해'라는 사회적 편견을 어릴 때부터 인식해 왔기 때문에 오래전부터 내 마음속에 전투적 에너지가 잠재되어 있었던 것 같다.(남수영 면담, 2013. 5. 7)

모든 것은 하려고 하는 마음과 노력에서 결실이 맺어진다. 내가 생각하기엔 운동선수들이 공부를 하는 데 있어서 힘들고 어려운 환경이라는 것은 인정하지만 이러한 환경은 얼마든지 본인의 노력으로 벗어날 수 있을 것이다. 또한 어떠한 일을 하더라도 결실을 맺으려면 달콤한 유혹을 뿌리칠 줄 알아야 할 것이다.(이하키 면담, 2013. 5. 16)

마음속에 있다고 생각되는 전투적 에너지라는 말에서 강고한 결심을 읽어낼 수 있다. 하고 있는 운동 자체가 전투적으로 받아들여졌으리라. 전투적으로 하지 않으면 당장 눈앞에서 기록으로 비교되고 하니까 말이다. 여기에 비하여 이하키는 바로 위에서 인용한 구절 가운데 마음속의 장애물이라는 말이 전투적 에너지라는 말과 비교 내지 대비되고 있다.

3-2. 또 하나의 공부 비법=녹음

앞에서 우리는 노새니 쇄빙선을 끌어들여 학생운동선수를 얘기하였다. 여기서 우리의 관심을 크게 확장하지는 않으려고 한다. 노새의 비유로만 말해도 자신의 몸을 오로지 노동력으로만 활용하고자 하는 형국 등은 비극인 셈이다. '체육특기자'인 우리들 노새는 어떠한 경우에라도 살아남아야 한다. 그러자면 '공부하는 학생선수 되기'가 우선일 것이다. 독서 말고 또 하나의 공부 비법이 여기 남수영 학생으로부터 나왔다. 녹음을 활용하는 것이 상당히 효과적일 수 있겠다는 연구자의 공감을 여기 적어 놓아야겠다. 아래 인용 구절에도 나오지만 열악한 환경(여자 선배가 없었다)을 이겨내는 구체적인 방법 즉 비법이 녹음이었던 것이다.

　"제가 무엇을 할 수 있을까요?", "어떻게 시작하고 어떤 게 잘하는 것일까요?"라는 후배들의 질문들 혹은 종종

동기들의 고민을 나는 이해할 수 없다. 대학에 처음 들어와서 나에게 여자 선배는 없었고 아는 사람도 아무도 없었다. 하지만 정보 홍수 시대인 지금. 나는 인터넷을 뒤져서 대학 생활의 노하우, 공부 비법 등을 찾아 내 것으로 만들었다. 그중 하나가 '녹음'인 것이다. 좋은 방법과 정보는 수없이 많지만 그저 앉아서 고민만 하고…(남수영 면담, 2013. 5. 28)

나의 하루 일과. 아침 7시에 일어나서 씻고 학교에 갈 준비를 하고 어머니가 끓여 놓은 국에 밥상을 차려서 아침을 먹고 학교에 갔다. 학교에서 1, 2, 3교시 수업 시간에 책을 읽고 12시 30분쯤 점심을 먹었다. 그리고 바로 하키장에 나가서 운동을 하고 운동이 끝나면 남아서 개인 운동을 했다. 해가 질 때쯤에 집에 걸어가서 푸쉬업, 복근 운동을 하고 샤워하고 저녁을 챙겨 먹었다. 그리고 설거지를 해놓고 빨래를 돌리고 청소기를 돌리고 집 정리를 하고 누워서 텔레비전을 조금 보다가 잤다. 이것이 나의 생활이었다. 몸이 허약해진다 싶으면 삼겹살도 혼자 구워 먹고 그랬다. 어머니는 항상 바쁘셨기 때문에 집안일도 도맡아 했다. 하지만 이러한 생활에 불만이 없었다. 오히려 이렇게 스스로 하는 습관을 길러 놓았기 때문에 그것이 지금까지도 영향을 미치는 것이 아닌가 싶다. 그리고 내가 절실히 깨달은 것은 고통은 성장의 밑거름이라는 것이다. 부모의 울타리 안에서 사랑만 받고 자란 아이들은 공부는 잘할지는 몰라도 시련이 찾아 왔을 때 혼자의 힘으로 땅을 짚고 일어나기가 힘들 것이다. 나의 최대 장점은 어릴 때부터 큰 고통을 겪었다는 것이다. 그 당시에는 내가 세상에서 가장 불행한 아이 같고, 많이 힘들었지만 지금 생각해 보면 그것이 성장의 밑거름이 되었다고 생각한다.(이하키 면담, 2013. 6. 4)

역사에는 가정이 없다. 저 유명한 "클레오파트라의 코가 한 치만 낮았더라면 세계의 역사는 달라졌을 것이다"라는 말이 실제 뜻하는 바도 역사에는 가정이 있을 수 없다는 거다. 그러나 만일 김연아가 긴장을 견뎌내지 못하고 중간에 지쳐 버렸다면, 아니 김연아가 피겨 종목을 선택하지 않았더라면 어찌 되었을까? 이상화가 500m를 선택하지 않았더라면 어찌 되었을까? 역시 역사에는 가정이 있어서는 안 되겠다.

연아야, 고마워! 마침 이 논문을 마무리할 때가 지난 소치 올림픽이 끝나갈 때였다. 김연아는 은메달(미국과 프랑스가 적극적인 반응을 보였다)이었고, 정작 본인은 의연했다. 비록 비공식적인 자리에서는 눈물을 쏟았지만, 경기 직후나 시상식 때에는 쿨 하게 받아들여 오로지 '끝났다'는 데만 주목하고 이후의 일을 걱정하는 태도였다. 이를 보고 아쉬워하는 적극적인 팬들은

"연아야, 고마워!"라고 모두 환호했다. 그리고 보도된 바에 의하면 경기가 끝나고 난 뒤 무대 뒤에서 어머니에게 오히려 "나보다 더 간절하게 원하는 사람에게 금메달이 갔다고 생각"하자고 아쉬움을 달랬다고 한다. 우리는 그야말로 학생선수 출신으로 성숙한 한 명의 '여왕'을 탄생시킨 것이다.

IV. 마무리

연구 방법은 구술생애사로 하였다. 과학적 방법이라 하더라도 사회과학적인 심층 면담을 지양하고, 인류학적 방법인 인터뷰를 통하여 생애사 자료를 수집하는 것으로 하였다.

태생적 한계라는 말이 있다. 나는 이 말을 여기서 살짝 바꾸기로 한다. 그것은 태생적 한계이기도 하겠지만, (이를 적극적으로 바꾸면) 태생적 세계라고 해야 하지 않을까? 따라서 이 연구의 최종 마무리는 비유를 들어 정리하고자 한다. 잘 아는 대로 비유에는 직접 비유와 숨기고 감추는 비유가 있다. 직유와 은유가 그것이다.

본문에서 나왔지만, 노새 혹은 쇄빙선에 대하여, 정체성의 흔들림을 드러내는 설명이 아무래도 과학적 설명보다는 문학적인 비유가 낫지 않을까 하여 마무리하고자 한다.

체육특기자는 노새다. 여기 두 학생과 나는 은유로서의 노새다. 검독 과정에서 만나서 이를 확인하였다(2014. 3. 7). 흔들리는 정체성을 드러내기 위해서는 메타포가 어울릴 것 같기도 하다. 또 하나 직유로 본다면, 적극적인 의미를 붙이기 쉬운 쇄빙선과 같다고 할 수 있겠다. 아니 체육특기자 가운데 어느 누구라도 자기 몸을 바쳐 얼음을 깨고 나아가야 하지 않겠는가? 나, 우리를 대신하여 저 앞의 얼음을 깨어줄 사람이 있겠는가? 그리하여 결국 우리 셋은 모두 노새이자 쇄빙선이기도 한 것이다.

연구를 마무리하면서 장자의 제물론齊物論에 나오는 다음 말을 덧붙이고 싶다.

"도행지이성道行之而成. 도는 걸어가야 만들어진다."

노새 혹은 쇄빙선

1판 1쇄 인쇄 2018년 4월 13일
1판 1쇄 발행 2018년 4월 27일

지은이 박기동
발행인 윤미소
발행처 ㈜달아실출판사

책임편집 박제영
디자인 이화연
마케팅 배상휘

주소 강원도 춘천시 서부대성로 48번길 12, 2층
전화 033-241-7661
팩스 033-241-7662
이메일 dalasilmoongo@naver.com
출판등록 2016년 12월 30일 제494호

ⓒ 박기동, 2018

ISBN   979-11-88710-10-2 03810

• 이 도서의 국립중앙도서관 출판예정도서목록(CIP)은 서지정보유통지원시스템 홈페이지
  (http://seoji.nl.go.kr) 와 국가자료공동목록시스템(http://www.nl.go.kr/kolisnet)에서
  이용하실 수 있습니다. (CIP제어번호: CIP2018010820)
• 잘못된 책은 구입한 곳에서 바꿔드립니다.
• 책값은 뒤표지에 표시되어 있습니다.